collaboration
ways we work together

written by
tomas moniz

translated by
heidi avelina smith

illustrated by
alicia dornadic

the way...

© 2018 Alicia Dornadic and Tomas Moniz

ISBN: 9781849353120

Library of Congress Control Number: 2017957077

AK Press
370 Ryan Ave. #100
Chico, CA 95973
USA
www.akpress.org
akpress@akpress.org

AK Press
33 Tower St.
Edinburgh EH6 7BN
Scotland
www.akuk.com
ak@akedin.demon.co.uk

The above addresses would be delighted to provide you with the latest AK Press distribution catalog, which features books, pamphlets, zines, and stylish apparel published and/or distributed by AK Press. alternatively, visit our website for the complete catalog, latest news, and secure ordering.

Cover art and interior design by Alicia Dornadic

Cover design by Margaret Killjoy | birdsbeforethestorm.net

Printed in the USA

la colaboración
las formas en que trabajamos juntos

escrito por
tomas moniz

traducido por
heidi avelina smith

ilustrado por
alicia dornadic

es la manera…

the way you cluck your tongue at a baby

que tú arrullas al bebé

and the way the baby drools back

y el bebé babea

the way the heart beats and the blood flows

es la manera que late el corazón y fluye la sangre

and we get such sweet honey

y juntos producen la miel tan dulce

the way a recipe works
we add one thing to another to another
and create a new thing like cake

es la manera que funciona la receta
cuando agregamos una y otra cosa
para crear algo nuevo como el pastel

but also the way mistakes happen
the cake burns or tastes too salty
the way we clean up and try again

pero también es la manera que fracasas
y quemas el pastel o echas demasiada sal
y entonces tú y yo decidimos limpiar y comenzar de nuevo

the way mouth and hand work
trying to take a bite
and not stab a cheek

es la manera que la boca trabaja con la mano
bocadito tras bocadito
sin picar a la mejilla

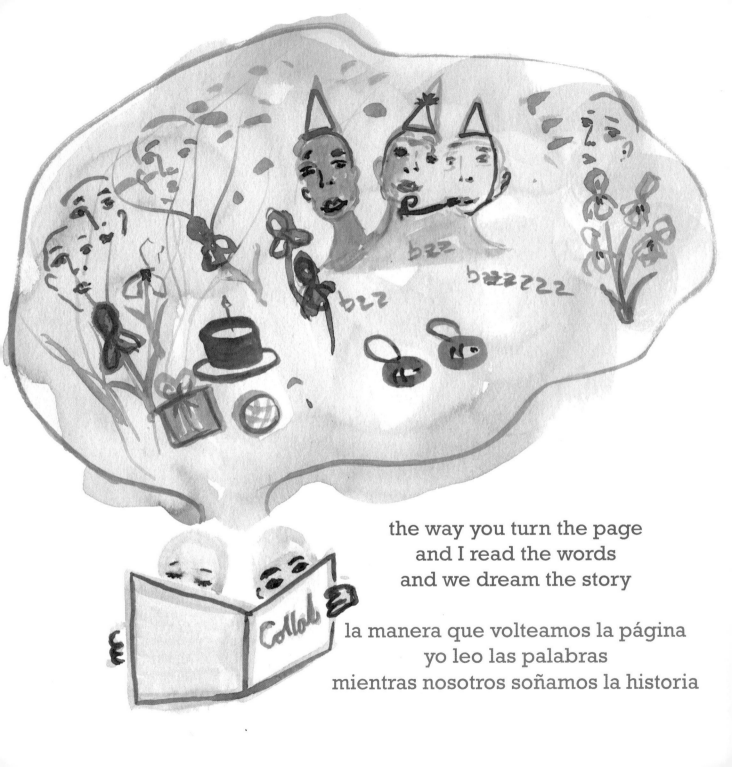

the way you turn the page
and I read the words
and we dream the story

la manera que volteamos la página
yo leo las palabras
mientras nosotros soñamos la historia

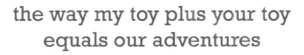

the way my toy plus your toy
equals our adventures

la manera que tu juguete y mi juguete
crean nuestras aventuras

the way I make a silly face
and you give me a wild smile

la manera que te hago una mueca
y tu me sonries felizmente

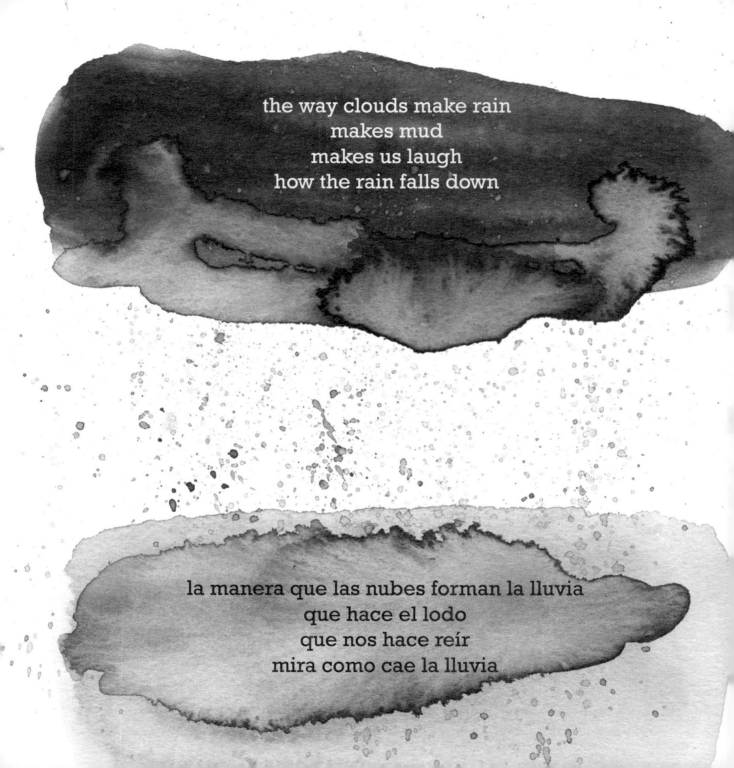

the way clouds make rain
makes mud
makes us laugh
how the rain falls down

la manera que las nubes forman la lluvia
que hace el lodo
que nos hace reír
mira como cae la lluvia

and the grass grows up

y luego el zacate crece

the way you sing the words
I make the beat
we make music

es la manera que cantas las palabras
y yo tamboreo el ritmo
y juntos hacemos música

the way the model lets
the artist draw the body
and so creates the portrait

la manera que el modelo deja
al artista dibujar su cuerpo
y así forma un retrato

the way green is born
from yellow and blue

la manera que el verde nace
de la unión de amarillo y azul

the way your father knits the hat
you paint the sign and together
we march the streets for all of us

la manera que tu padre teje la gorra
y tú pintas el letrero
y juntos nosotros marchamos
por las calles
en nombre de todos

the way wrestling works

la manera que se lucha

the bob

inclinado por aquí

the weave

y allá

the way fingers intertwine
when holding hands

the way one foot follows the other
follows the other over and over
sprinting down the street

the way
we know
how to stand
after we fall

the way flower attracts bee

la manera que la flor se le atrae a la abeja

la manera que los dedos entrelazan
mientras nos agarramos de la mano

la manera que un pie sigue al otro una y otra vez
corriendo por la calle

la manera
que recordamos
como pararnos
después de caer

the way combining all of our voices
can stop a bully
refuse a law
break down walls
open our beating hearts

la manera que la combinación de nuestras voces
puede detener un matón
rechazar una ley
deshacer las paredes
abrir nuestros corazones vivos

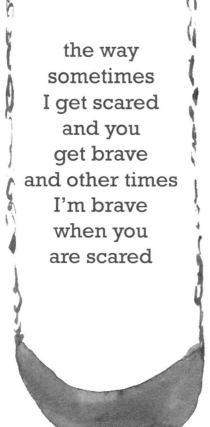

the way
sometimes
I get scared
and you
get brave
and other times
I'm brave
when you
are scared

la manera
que a veces
yo tengo miedo
y tú
te vuelves
valiente
y los otros
momentos
cuando yo soy
valiente
y tú
tienes miedo

the way bodies work when we hug
you lean to the left I lean to the right

la manera que nuestros cuerpos doblan
cuando nos abrazamos
te inclinas a la izquierda
y yo me inclino a la derecha

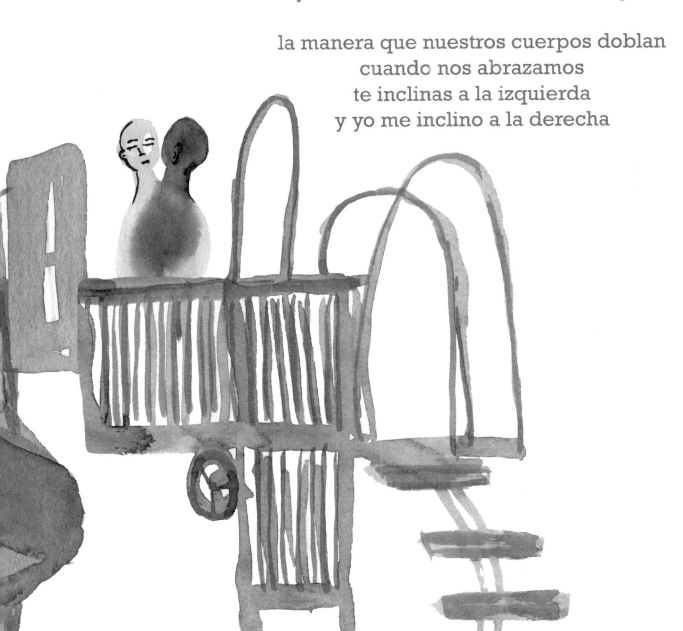

the way parent holds child
and child holds parent
such peace such beauty

la manera que los adultos llevan a los hijos
y los hijos llevan a los adultos
tanta tranquilidad tanta belleza

the way when I fall
you reach out your hand
and we rise together

la manera que
me extiendes la mano
cuando me caigo
y nos levantamos juntos

the way she stands
and he stands
and they stand
and I stand
and we stand
and together
we are indivisible

es la manera que se presenta ella
que él se presenta
y ellos se presentan
y yo me presento
y nosotros nos presentamos
así que juntos
somos indivisibles

Thanks for reading our book!
You can find more at **akpress.org**.